Angelina Purpurina

Angelina Purpurina
no parque de diversões

Fanny Joly

ILUSTRADO POR
RONAN BADEL

TRADUÇÃO
ANDRÉIA MANFRIN ALVES

Milkshakespeare é um selo da Faro Editorial.

Diretor editorial: **PEDRO ALMEIDA**

Coordenação editorial: **CARLA SACRATO**

Assistente editorial: **LETICIA CANEVER**

Preparação: **TUCA FARIA**

Adaptação de capa e diagramação: **SAAVEDRA EDIÇÕES**

Dados Internacionais de Catalogação na Publicação (CIP)
Jéssica de Oliveira Molinari CRB-8/9852

Joly, Fanny

    Angelina Purpurina : no parque de diversões / Fanny Joly ; tradução de Andréia Manfrin Alves ; ilustrações de Ronan Badel. — São Paulo: Milkshakespeare, 2024.
    96 p. : il.

    ISBN 978-65-5957-456-8
    Título original: Cucu la praline a le dernier mot

    1. Literatura infantojuvenil francesa I. Título II. Alves, Andréia Manfrin III. Badel, Ronan

23-5791   CDD 028.5

Índice para catálogo sistemático:
1. Literatura infantojuvenil francesa

FARO EDITORIAL

1ª edição brasileira: 2024
Direitos de edição em língua portuguesa, para o Brasil, adquiridos por **FARO EDITORIAL**

Avenida Andrômeda, 885 — Sala 310
Alphaville — Barueri — SP — Brasil
CEP: 06473-000
WWW.FAROEDITORIAL.COM.BR

SUMÁRIO

1. Em disparada

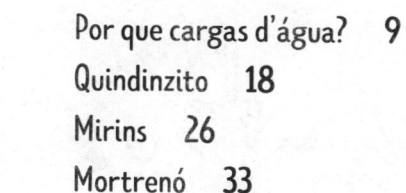

2. O caso Pedro

3. A última palavra

Sobre a autora e o ilustrador 95

Observe todos com atenção, eles estão nestas histórias...

Vitor, o irmão mais velho.

Angelina Purpurina, conhecida como Pirralha.

José-Máximo, o irmão do meio, também chamado de Zé-Max, JM ou Mad Max.

Letícia, Alberto e Samuel.

Pedro Quindim.

Ximena e
Catarina.

Vovó Purpurina.

1. Em disparada

Por que cargas d'água?

TODO INÍCIO DE JANEIRO EU DECIDO SOBRE VÁRIAS coisas BOAS de serem feitas e refeitas e re-re-refeitas durante TODO o ano que está começando. A vovó Purpurina (a mãe do meu pai), me explicou que o nome disso é: ter boas resoluções. Eu chamo de BR, que é mais rápido de falar.

Exemplos:

1. Separar as minhas meias e enrolar os pares em belas bolotas, tipo: a minha gaveta poderia ser usada em uma loja (de meias).

2. Seguir as orientações do dentista de braços peludos e que dá medo, ou seja: escovar os dentes depois de cada refeição.

3. Parar de brigar com os meus irmãos Vitor (apelido: Vi) e José-Máximo. Nada fácil, já que eles têm onze e nove anos (e eu, oito), e são SEMPRE ELES QUE COMEÇAM (todos que já leram as minhas histórias anteriores sabem disso).

4. Conseguir deixar o meu cabelo igual ao da Lolita (minha cantora favorita). De tanto tentar, será que os meus cabelos vão acabar entendendo o que quero e vão me obedecer?

5. Dar uns presentes surpresa pra Catarina, minha amiga querida, já que ela sempre me dá presentes e eu quase nunca retribuo.

6. Aprender as matérias da escola + fazer os meus deveres de casa com a melhor qualidade possível...

Eu poderia continuar a lista (adoro fazer listas), mas isso não serviria de nada, porque, no começo, eu coloco as BR em prática (mais ou menos), porém, de pouquinho em pouquinho (e até que rápido), vou dizendo a mim mesma:

— Ah, deixa pra lá, hoje é domingo (ou sábado, ou quarta).

Ou então:

— Ah, deixa pra lá, estou de férias.

Ou ainda:

— Ah, deixa pra lá, tô cansada.

Ou até:

— Ah, amanhã eu faço.

E no dia seguinte, outras coisas acontecem na minha vida e paf, esqueço tudo!

No final do mês de agosto desta história, me arrependi de ter deixado de lado a minha BR nº 6. Por quê? Porque a professora Paola Pontuda (minha professora) fez uma chamada surpresa sobre TUDO (mais ou menos) o que tínhamos estudado desde o primeiro semestre. Tirei... 3. E a nota máxima nem era 10, mas 20. Obrigada pelo presente. E ainda pra ser assinado pelos pais. Duplamente obrigada!

Naquela mesma noite, fiquei rodeando os meus pais e esperando pelo melhor momento pra tirar o teste surpresa de baixo da minha blusa, quando de repente vi os dois cochichando e não fiquei nem um pouco feliz. A minha garganta apertou como se tivesse um nó. Será que eles estavam desconfiados de alguma coisa? Será que tinham mexido na minha mochila? Ou receberam um telefonema da professora?

Quando o papai chamou: "Venham jantaaaar!", dei um pulo.

Pra vocês imaginarem como eu tava estressada. A mamãe, com um olhar... esquisito, se sentou na minha frente, entre o Vi e o JM.

— Temos uma coisa pra contar pra vocês — ela murmurou.

Senti as pernas ficarem bambas.

— Vamos passar alguns dias de férias nas montanhas! — o papai emendou.

Os meus irmãos pularam de suas cadeiras.

— Ebaaaaa! Que legal! Suuuuper-hiper-megalegal-sensacional!

— Vocês são os melhores pais da galáxia e do mundo todo!

É importante dizer que eles começaram a esquiar no ano passado. O Vi, convidado pelo Rodolfo

Menezes (o pior amigo dele, mais metido ainda que o próprio Vi). O Max, nas aulas na neve com a professora Paola. Quando voltaram a professora avisou que não acompanharia mais os alunos nas aulas na neve. Será que foi de tanto que o meu pavoroso irmão a deixou exausta durante dez dias? Eu não ficaria surpresa...

Mas voltemos ao nosso jantar. Depois de pularem das cadeiras, o Vi e o JM explicaram como eles iam conseguir fazer *acrobacias* na neve macia, que iam fundo na aventura e patati e patatá... Eu nunca esquiei, nem tive vontade de fazer isso. Mas ainda assim, aplaudi + fiz cara de feliz. Foi fácil, já que estava desestressada + tinha esperança de que o clima agradável me ajudasse a não levar bronca pela minha nota 3. Bingo! Assim que os meus irmãos saíram da mesa, deslizei o meu boletim como se fosse um esqui sobre a neve... Os meus pais assinaram sem protestar. Eles só falaram pra eu me dedicar mais à escola. JUREI que IA FUNDO nos estudos.

Nos dias seguintes, os meus irmãos se mostraram empolgados DEMAIS.

Exemplo dentro de casa (segunda e terça com chuva): Invenção do ESCAESQUI pra transformar a escada em pista e descer deslizando por ela sentados nos degraus, sobre caixas de papelão achatadas que eles pegaram antes de o caminhão do lixo passar na nossa rua. E dobráveis, pra não irritar os nossos pais quando eles voltassem do trabalho.

E como é que eu faço quando quero sair do meu quarto? Bom, pra descer beleza, posso usar o corrimão. Mas e pra subir de volta? Tcham tcham tcham! Preciso esperar os dois pavorosos terminarem com a palhaçada deles.

Exemplo fora de casa (quarta-feira, sem chuva):

Construção do TRAMPEÃO. Tram(polim-cam) peão de saltos acrobáticos. Em uma rampa construída com os sacos de terra da Floréis (nome da floricultura dos nossos pais) empilhados, que eles pegaram na garagem. Por cima dos sacos, muito detergente pra escorregar *ainda mais melhor*, como diz o Max, que se acha muito engraçado.

Os meus irmãos estavam tão enlouquecidos com esse maldito Trampeão que quase perderam a hora do futebol. Mas eu não. Às duas e quinze em ponto, apitei na orelha deles:

— Ei, meninos, o treino de futebol de vocês foi pras cucuias?

Eles saíram correndo. Ufa!

Só tive tempo de descansar uns cinco minutos + arrumar o meu cabelo igual ao da Lolita (bom, quase) e paf, o Pedro chegou.

O Pedro é o menino mais legal da minha escola. Ele toca violino e tem um cheiro bom de limão. E além do mais, gosta de mim. Quem me conhece sabe disso. Obrigatoriamente. Quem não sabia ficou sabendo.

Ele estava me esperando, com uma cara de apavorado, apoiado no portão.

— O que aconteceu, Angelina? O jardim da sua casa parece ter sofrido um miniterremoto!

— A gente vai viajar pra esquiar, e os meus irmãos estão treinando…. — Suspirei.

Ele colocou as mãos nas bochechas.

— Que HORROR!

Achei que ele estivesse falando do jardim. Mas na verdade ele falava sobre esquiar.

O Pedro me explicou que esquiar é a última coisa a se fazer na vida, que é um esporte cansativo. Por que cargas d'água alguém subiria um tantão pra descer tudo de novo?

— Todos esses esportes de deslizar são perigosíssimos; ademais, os riscos de fratura têm um acréscimo de 73%. (O Pedro fala como se estivesse num livro.)

De repente ele tirou as mãos das bochechas, pegou as minhas duas mãos e se aproximou de mim fazendo caretas, como se fosse chorar.

— Cara Angelina, eu gosto tanto de você... Por obséquio, desista de esquiar! A única vez que fiz isso, sofri um acidente por causa de um pinheiro contra o qual me choquei. Pensei que ia morrer, e nunca mais ver você.

NUNCA MAIS rever o Pedro?

Eu é que quase morri só de pensar nessa possibilidade!

Quindinzito

NA TERÇA-FEIRA SEGUINTE, ENQUANTO JANTÁVAMOS uma quiche, os nossos pais anunciaram que tinham reservado a nossa estada no CLUBE ALPITOP, *all inclusive*.

— O que significa ówinclûsiv? — o JM perguntou.

Eu, pessoalmente, evito as perguntas sobre inglês. O Vitor sempre usa isso pra se exibir. Desde que foi pro quinto ano ele se acha o rei da Inglaterra. E foi dito e feito:

— Você não sabe nada, cara de batata, significa "tudo incluso": não precisaremos pagar por nada que consumirmos!

O JM arregalou os olhos igual a duas bolas de gude.

— Uaaaaau! Nem refrigerante? Nem pra patinar?

— Parem de falar bobagens — o papai resmungou —, nós pagamos sim, e bem caro...

Uma informação importante sobre a semana anterior: a brincadeira do Trampeão furou três sacos de terra e deixou o papai de muito mau humor. Os meus irmãos receberam um castigo (recolher as folhas secas do jardim) pra aprenderem que não se brinca com o estoque da floricultura que nos alimenta e paga a nossa estada na estação de esqui. Bem feito.

Todo o mundo se fechou em copas (expressão da vovó que significa "todo o mundo ficou em silêncio"), mas depois eu falei:

— Papai, mamãe, desculpem atrapalhar, mas vocês JÁ PAGARAM a nossa estada na estação de esqui?

— Por que a pergunta, Angelina?

— Porque... vocês sabiam que os esportes de neve são perigosíssimos? Ademais, sabiam que os riscos de fratura aumentam em 73% nessas condições, então se for pra se machu...

O Max começou a se contorcer igual a uma minhoca. Achei que ele estava com alguma dor. Mas não, ele estava rindo.

— Ha ha ha... a Pirralha caiu na conversa do Pedro!

— Oi?! — quase morri sufocada.

— Eu conheço bem o Pedro Quindim! (o JM e o Pedro estudam na mesma sala do quarto ano). Ele vive contando que trombou num pinheiro, mas a verdade é que ele é péssimo no esqui!

O Vi esmurrou as pernas.

— Quindinzinho medrosinho!

Tentei rugir de raiva, mas foi impossível. Só saiu:

— Eu... é... er... o que...

Tudo o que consegui fazer foi coaxar feito um sapo.

A mamãe bateu com o garfo no copo.

— Vitor Purpurina e José Máximo Purpurina! Vocês sabem perfeitamente que é proibido pronunciar um certo apelido da Angelina (sou eu) que começa com P. Não queremos ouvir isso NUNCA MAIS nesta casa!

— Nem lá fora! — acrescentei.

— Se isso acontecer — a mamãe retomou —, nós... nós... vamos cancelar o esqui!

O papai tossiu, constrangido.

— Err... Sabrina, não esquece que NÃO assinalamos a opção cancelamento no contrato do Alpitop, porque sairia ainda mais caro...

A mamãe se virou pra mim.

— Muito bem! Olha, Angelina, o esqui é como o pimentão. Você dizia que não gostava, mas nunca tinha PROVADO. É preciso experimentar pra saber...

Não tive coragem de responder que depois de ter provado eu detesto AINDA MAIS pimentão.

No dia seguinte, quando voltou da floricultura, a mamãe veio ao meu quarto com uma sacola enorme e um sorriso... enorme também.

— Olha a roupa de esqui que comprei especialmente pra você, minha querida.

Especialmente pra mim? Duvido, porque é tipo um macacão de mecânico, todo acolchoado e megafeio, e, além disso, MARROM, a cor que mais odeio...

— Obrigada, mas... poderia ser rosa, pelo menos?

— Como assim "pelo menos"? Comprei de uma cliente que sempre escolhe as roupas mais bonitas pra filha dela, que agora tem doze anos.

— Sim, talvez as suas clientes achem esse macacão muito bonito, mas eu...

A minha mãe levantou os ombros.

— Você sabe de uma coisa?

Falei antes dela:

— Sou muito mimada, é isso?

— Exatamente!

Saímos de madrugada. Sem nem ao menos tomar café da manhã.

Pra evitar pegar trânsito, segundo o papai e a mamãe.

Porém, como todo o mundo sai mais cedo do que todo o mundo pra não ficar parado junto com todo o mundo, pegamos um trânsito terrível. Eu estava sentada no meio, entre os dois pavorosos, pra evitar brigas (sempre de acordo com o papai e a mamãe).

Eles não paravam de repetir que estavam com fome (eu também tava com tanta fome quanto eles, mas me mantinha calada). O papai ligou o rádio, na esperança de talvez fazer com que eles ficassem quietos. Ouvimos o final de uma música que falava de carnaval, e logo depois:

Com a mesma melodia, o Vi cantou no meu ouvido direito: **"Titi, Pirralhinha, tá tá lá lá lá... Fué fué, Pirralhenta tá tá lá lá lá..."**

Com a mesma melodia, o JM cantou no meu ouvido esquerdo: **"Tatá, Pirralhenta, tá tá lá lá lá... É muito nojenta tá tá lá lá lá..."**

— CALEM A BOCAAAAA! — gritei.

O que vocês teriam dito no meu lugar?

O automóvel fez um desvio e depois o papai parou no acostamento. Ele saiu do carro na penumbra e abriu a porta do lado do Vi. Um vento gelado nos atingiu lá dentro.

— Já chega! Os três! — ele gritou.

— Não fui eu! — protestei. — Sabem o que esses dois estão fazendo? Cantando Titi Pirralhinha e Tatá Pirralhenta no meu ouvido!

— Vitor e José Máximo! Não é… pos… poss… possível! Vocês… vocês… vão… vocês vão… voltar pra casa a pé!

— Patrício, você ficou louco?! — A mamãe entrou em pânico.

— Nós vamos parar, papai! Prometemos ficar quietos! — O Vi quase chorava, igual a um covarde.

E o JM, igual a um papagaio:

— Prometido, jurado, juradíssimo, papai, a gente vai parar de irritar a nossa irmãzinha!

Mirins

ATÉ QUE A AMEAÇA DE VOLTAR PRA CASA A
PÉ esfriou os ânimos dos 2IP (Dois Irmãos Pavorosos,
vocês sabem de quem estou falando).

A temperatura também (os esfriou):

★ Dias 1 e 2 (domingo + segunda): impossível
esquiar. As montanhas estavam cobertas por
uma grama amarelada e com algumas partes
de neve velha esbranquiçada.

★ Dias 3 e 4 (terça + quarta): impossível esquiar. Uma tempestade despertou e não parou mais nem durante o dia, nem à noite. Os flocos de neve rodopiavam feito chantili pulverizado pelo vento, que soprava com força total.

O nosso apartamento do Alpitop ficava no sétimo andar. Ele me lembrou do verão em que o papai transformou o nosso furgão Floréis num *trailer* de viagem.

Num canto: três camas sobrepostas, como numa cabine de trem. O Vi ficou embaixo, o JM no meio, e eu, no alto, colada no teto, mas eu estava de boa com aquele cantinho de tranquilidade. Os nossos pais dormiam atrás de uma meia-parede. Quando se levantavam a gente via as cabeças deles, e eles também viam a gente. Boa ideia: os 2IP ficaram pianinho.

Tinha uma tevê no quarto, mas o papai tirou da tomada dizendo que não estávamos lá pra isso. A cara dos 2IP quando ele guardou o controle no bolso! Isso deu uma ideia pra mamãe: ela sugeriu que o papai desligasse o celular também. Comemorei o pedido. Os meus pais usam demais o celular, na minha opinião. Ele resistiu em concordar, mas não teve coragem de negar, já que a mamãe tinha deixado o dela em casa pra fazer um detox, como ela mesma disse.

Os 2IP ficaram encurralados: impossível jogar discretamente aqueles jogos idiotas deles que fazem zum e pimba! Então eles foram explorar os outros andares pra ver se achavam outros jogos ou faziam amigos. Acho que encontraram os dois, porque não os vimos mais. Perfeito pra mim. Que façam o que quiserem da vida deles, desde que não estraguem a minha.

Vocês devem estar imaginando que talvez eu tenha ficado entediada, né? Na verdade: pelo contrário!

Aconteceu uma coisa EXTRAORDINÁRIA comigo: eu li um LIVRO! Inteiro! E, além disso, dos grossos! A mamãe havia me obrigado a colocá-lo na minha mala, ainda que eu tenha tentado de todos os jeitos explicar pra ela que não tinha lugar e que eu não teria tempo. Mas, no fim das contas, passei quatro dias com uma família de fantasmas enfurecidos dentro de um antigo castelo em ruínas e... a-do-rei.

Na quinta-feira de manhã, quando o Vi ergueu a cortina, o céu estava azul como num desenho animado, com um sol amarelo feito gema de ovo, brilhando sobre uma tremenda camada de neve branca, pura, cintilante. Dava até vontade de comer. Como só tínhamos mais três dias, a empolgação dos 2IP cresceu mais do que nunca. Eles queriam tanto pular, sair, esquiar, saltar, acelerar, disparar e blá blá blá que os nossos pais deixaram que eles fossem antes com o primeiro carro que subia até as pistas para os testes de nível com os monitores do Alpitop.

Vestindo (bem devagar) o meu macacão blergh marrom, perguntei se era MESMO obrigada a esquiar.

— Não começa, Angelina! — o papai me advertiu com os olhos em chamas.

A mamãe tentou me ajudar a me vestir como se eu tivesse dois anos e meio. Entendi que era melhor não insistir mais.

Enrolei o máximo que pude durante o café da manhã (servido no térreo com um monte de coisas deliciosas pra comer). E depois, foi realmente necessário seguir em frente.

Os meus pais me fizeram carregar os meus esquis, e nós caminhamos como prisioneiros até uma espécie de campina inclinada e cercada com grades, onde numa placa se via escrito ALPITOP PEQUENINOS. Eles falaram com uma mulher vestida de vermelho e me largaram como um pacote, prometendo voltar depois do almoço. Todo o interesse deles era

se livrar de mim pra poderem se divertir como dois namoradinhos com os próprios esquis.

— Você já esquiou? — a moça perguntou.

— Não.

— Tá, então você fica com os MIRINS! — E ela foi me empurrando pra um grupo com baixinhos que tinham de fato dois anos e meio.

Passamos a manhã empurrando os nossos bastões pra tentar avançar. O Pedro teria ficado orgulhoso de mim: nenhum risco de me machucar.

Um menininho chamado Artur não parava de chorar. Eu estava com mais dó dele do que de mim mesma. Tentei consolá-lo. Até que consegui (apesar dos esquis), e depois ele não quis mais sair de perto de mim. Era fofo, de certo modo.

Durante o intervalo pro piquenique (sem esquis e com batata frita + refrigerante + sorvete, e preciso dizer: parabéns, Alpitop), a gente deu um abraço sob o sol. Eu tinha a sensação de segurar nos braços o meu cachorrinho querido-perdido-encontrado-partido Ferdinando (essa história é meio triste, mas é bonita, vale a pena ler, se você ainda não leu). Estava contando a história do Ferdinando pro Artur quando de repente um monitor passou na nossa frente puxando um trenó, e vozes gritaram:

— Pirr…

— Angelinaaaaaaa!

Mortrenó

NA VERDADE, O NOME DO TRENÓ QUE VI PASSAR É <u>maca</u>. Em cima dela estavam dois feridos, não um.

As vozes que ouvi eram do Vitor e do José-Máximo!

De tanto tentarem esquiar em alta velocidade, como dois malucos, os meus dois irmãos se chocaram um contra o outro ("percutiram", como diria o Pedro).

Fui a primeira a saber.

No começo, pensei *bem feito!*, mas depois, fiquei com vergonha de pensar isso. Ainda mais quando encontrei os meus dois irmãos com caretas de dor de verdade. Quase senti a dor deles, pra vocês terem uma ideia. Me senti estranha e até inquieta.

Os nossos pais chegaram depois (pois é, sem telefone, demorou pra conseguirem avisá-los). O Vitor e o José-Máximo já estavam engessados. Tornozelo direito e punho esquerdo.

Os nossos pais decidiram voltar pra casa direto, naquela mesma noite.

Pelo menos vamos evitar o trânsito, eles disseram.

Mas a RE-tempestade de neve nós não evitamos!

Logo depois de anoitecer, lá estávamos nós bloqueados no meio de uma estrada deserta. Impossível continuar.

Houve um princípio de pânico dentro do carro.

A mamãe afirmou que tínhamos sido amaldiçoados, e o Max, que talvez a gente morresse.

— SILÊNCIO! — o papai ordenou com uma voz que saiu um pouco tremida.

Ao acender o farol alto, o papai viu uma fumaça longe e decidiu ir até lá a pé. Ficamos olhando o nosso pai desaparecer como se não fôssemos mais vê-lo.

Mas meia hora depois, ele voltou... em cima de um *ratrack* (que é um veículo sobre esteiras que circula na neve) conduzido por um senhor gentil de bigode que também se chamava Max e que rebocou o nosso carro até a casa dele (aquela de onde saía a fumaça). Fazia sentido, já que tinha fogo na chaminé + uma mamãe que preparou chocolate quente pra gente + crianças da mesma idade que a gente: Alberto, Samuel e Letícia. Só que ELES são TODOS muito gentis, e lá em casa eu sou a única.

Enquanto o Max ajudava o papai a consertar o carro, o Alberto, o Samuel e a Letícia mostraram pra gente a invenção que eles desenvolveram com o seu pai. Chamava-se: MORTRENÓ.

Trata-se de um trenó com um volante, que fica em cima de lâminas, tipo patins de gelo. Os meus irmãos ficaram babando.

Eles morriam de vontade de experimentar. Mas com os gessos, eles não podiam. De todo modo, já escurecera, e o nosso carro estava pronto pra repartir atrás do *ratrack* do Max, que nos acompanhou até a estrada.

— Voltem no ano que vem! — ele convidou, enquanto acenava se despedindo.

Um pouco mais longe, no automóvel, os meus irmãos perguntaram ao mesmo tempo:

— A gente vai voltar?

— Veremos... — o papai e a mamãe responderam ao mesmo tempo.

2. O caso Pedro

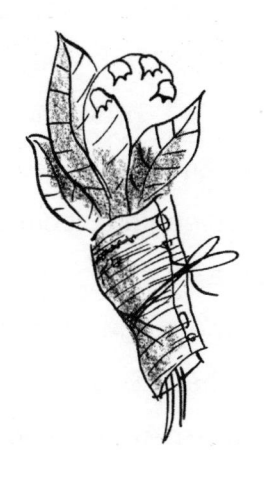

Amuleto da sorte

ÀS VEZES O DIA 1º DE ABRIL É GENIAL, COM PEGADI-nhas muito divertidas... Mas ele também pode ser horrível. Como aquele em que os meus irmãos aproveitaram quando me distraí pra jogar EM CIMA DA MINHA CAMA um PEIXE MORTO que eles tinham deixado apodrecer durante dias em um saco plástico. Quando contei isso pra Catarina, a minha melhor amiga, sabem o que ela me disse?

— Até que os seus irmãos são legais: eles poderiam ter colocado DENTRO do seu colchão!

— Como é que é?! — gritei tão forte que ela pulou pra trás bem no centro do pátio do recreio. — Por acaso você quer que eu vá colocar um peixe podre debaixo da sua cama?!

(Tem dias que me pergunto se a minha melhor amiga é mesmo minha MELHOR amiga. Enfim...)

Quando voltei pro meu quarto, os 2IP tinham ido embora fazia um tempo, é claro, mas um cheiro... o cheiro mais *apavoratroz* (me desculpem: sou obrigada a rearranjar umas palavras pra deixar claro o nível de insuportatez dos meus 2IP) do mundo subiu até as minhas narinas. Por causa da maldade, os meus irmãos não tinham percebido que o saco estava furado. O que aconteceu então? Um suco megafedorento escorreu por toda parte: varanda, entrada, escada... Nem precisei dedurar. Os nossos pais sentiram sozinhos o fedor. O Vi e o JM foram encurralados como ratos em uma armadilha pra lobos (nunca vi uma armadilha pra lobo, mas é por aí).

Como castigo, eles tiveram que:

★ limpar todos os lugares *empestificados*;

* mudar a minha cama de lugar e trocar os lençóis e tal;
* desinfetar as roupas deles também;
* lavar louça e mais louça;
* estender todas as coisas no sol;
* depois: passar e re-re-re-repassar tudo.

O fim de semana deles passou assim.

No domingo à noite, o papai e a mamãe reuniram a gente para que os dois se desculpassem. Eu já esperava. Tinha até preparado a minha resposta:

— É fácil pedir "desculpa", mas o irreparável não se repara!

Sem querer me gabar, fiquei muito orgulhosa de mim. Parecia até uma frase do Pedro. Acrescentei que não queria muita coisa da vida, só que os meus irmãos me deixassem em paz ou fossem pra prisão.

A mamãe franziu as sobrancelhas.

— Ora, Angelina, isso não tem nada a ver com ir pra prisão!

— Mas o Vitor e o José-Máximo terão, claramente, que mudar de comportamento, ou a porca vai torcer o rabo! — o papai completou.

— O que acontece com a porca se ela *torce o rabo*? — o JM teve a ousadia de perguntar.

O papai o fez pesquisar o significado dessa expressão e copiá-lo quinze vezes no caderno.

E paf.

E os dois tiveram que escrever trinta vezes:

Prometo ser calmo, tranquilo, amável e respeitoso com a minha irmã, Angelina. Vou me comportar. Não vou criar problemas. Vou andar na linha. Ficarei manso como um cordeiro.

Assinado: Vitor / José-Máximo Purpurina.

A vovó diz que os dias se seguem e não se parecem.

Eu digo: o meses também não. É por isso que agora eu vou me concentrar no primeiro dia do mês seguinte a esses acontecimentos: sexta-feira, dia 1º de maio.

Naquela manhã eu estava no meu melhor dia. Além do mais, não tinha aula.

Não bastasse, o papai mandou os 2IP ajudarem a vovó com o jardim dela. Aproveitei pra dar um banho com bastante calma no Mastigadinho, meu leão-de-estimação-amado. Eu o observava secar no sol, no meio da grama, quando ouvi: *dim-dom*... Levantei a cabeça, surpresa, já que não temos campainha no portão. E foi aí que surgiu diante de mim a mais linda das aparições: o Pedro, de camisa de manga curta listrada de branco e azul igual ao céu, com um capacete verde fosforescente com furinhos...

— Pedro, que surpresa! Foi você quem fez *dim-dom*?

— De fato, cara Angelina — ele respondeu me cumprimentando baixinho. — Vim te oferecer um amuleto da sorte para o Dia do Trabalho.

Ele me estendeu um ramo de lírios-do-vale embrulhado numa folha quadriculada da escola.

— Que gentil, muito obrigada, você foi colher essas flores pra mim?

— Não. A minha mãe comprou um buquê do qual eu extraí esse ramo e embalei pra você com um poema de minha autoria.

Desenrolei a folha e li:

Que a felicidade preencha o seu coração, cara Angelina,
A cada dia em que na Joel Jocoso você almoce na cantina

(Eu costumo comer pouco na cantina, mas acho que o Pedro usou isso pra rimar com Angelina.)

Aceite este ramo de lírios-do-vale
Da parte do seu afeiçoado amigo Pedro Quindim,
que atravessa sem dificuldades
Qualquer tipo de jardim.

Isso me pareceu... um pouco menos... como posso dizer... magnífico do que os poemas que o Pedro costuma escrever, mas não falei nada.

— Tenho uma outra surpresa — ele continuou —, você saberia dizer qual é?

Os meus pensamentos viajaram… Um sorvete de limão? Um anel? Balas? Um colar?

— Er… é de… é de comer? — perguntei.

— Trata-se de um meio de locomoção.

— Uma locomotiva? Uma coisa que fica dentro das locomotivas?

— Termina com -*ete*.

— Um chiclete? É de limão?

Ele riu e correu pra uma esquina da rua e puxou de trás de uma árvore grande um negócio comprido igual… primeiro pensei num fuzil. Mas não… maior… uma prancha de surfe? Tinha rodinhas…

— Um patinete! — finalmente entendi.

— Exato. Os meus pais me deram de presente pra comemorar o meu excelente resultado escolar.

— Uau, parabéns, Pedro!

— Uma vez que o meu patinete é grande e está equipado com dois retrovisores laterais e um sistema patenteado de freios duplos, proponho te levar à festa do dia 1° de maio em Conchas (um bairro que fica no final de Rigoleta).

O meu coração deu pulos de alegria. Falei que precisava pedir pros meus pais. "Naturalmente!", o

Pedro concordou. Ele estacionou o patinete no nosso jardim, tirou o capacete, arrumou os cabelos no retrovisor e nós entramos.

— Eu sou o Pedro Quindim! — ele exclamou, estendendo a mão pro papai, que tava na cozinha descascando batata.

— Ouvimos falar muito de você... — a mamãe disse (ela descascava nabo).

— Isso não me surpreende — o menino mais legal da Joel Jocoso respondeu com um sorriso.

Ele acrescentou que estava encantado de ter, naquele 1º de maio, *a oportunidade de conhecer amplamente os meus pais no seio do seu domicílio familiar* (o Pedro usa muitas palavras difíceis, às vezes eu anoto tudo na minha cabeça e pesquiso depois no dicionário pra ficar tão boa quanto ele em vocabulário, a não ser quando eu esqueço...)

Depois ele recomeçou a lenga-lenga:

- ❧ excelência do desempenho escolar dele;
- ❧ recompensa;
- ❧ patinete superequipado;
- ❧ me levar à festa do dia 1º de maio.

Os meus pais ficaram um tempo se olhando boquiabertos (significa de "boca aberta").

— Er... bem... vejamos... por que não? — o papai finalmente respondeu.

Na saída, cruzamos com o Vi e o JM, que voltavam da casa da vovó. A cara que eles fizeram quando nos viram passar em cima do patinete, lírios ao vento, o Pedro na frente e eu atrás, na ciclovia... Só isso já era uma festa!

Algodão-diversão

O PEDRO HAVIA TRAZIDO UM SEGUNDO CAPACETE, que ele me emprestou e me obrigou a colocar antes de acelerar *com total segurança* — ele repetiu essas três palavras três vezes. Felizmente ele era rosa (o capacete), e os meus cabelos passavam pelos buraquinhos.

O Pedro dirigiu o patinete bem pra caramba. Avenida Doçura, cruzamento Corvo Marinho, rua do Porto: seguimos como se deslizássemos em cima de um tecido de veludo. O ar fresco transportava um aroma de flores… ou de areia… ou de felicidade… ou talvez dos três juntos.

Com os meus cabelos voando ao vento, eu tinha a sensação de ser a Lolita (minha cantora favorita) filmando um videoclipe. Me perguntava se o Pedro me via pelos retrovisores. Esperava que sim. Eu segurava na cintura dele como uma princesa levada em um cavalo branco pelo charmoso príncipe. Ainda que o patinete dele seja verde fosforescente.

No final da viela do Ensopado, a primeira coisa que vi foi a roda-gigante girando em meio aos raios de sol. Que beleza! À medida que íamos nos aproximando, víamos estandes, luzes, carrosséis, atrações de todo tipo, tamanho e cor… O Pedro tirou da mochila uma corrente grossa como a tromba de um elefante.

— Te apresento a corrente antifurto mais segura do país! Titânio, cadeado inviolável, custou mais caro que o nete!

Arregalei os olhos.

— Um cotonete?

— Nete, de PATINETE! Todo o mundo sonha com um nete como o meu, mas aquele que o roubará de mim ainda tá pra nascer… he he he!

O Pedro prendeu o famoso nete e os nossos capacetes numa grade, e caminhamos na direção de um portal luminoso onde tava escrito:

PARQUE DE DIVERSÕES

PARQUE DOS FELIZÕES

ENTRADA LIVRE

Ele caminhou na direção de uma barraca que parecia um guichê.

Demonstrei preocupação quando o vi pegar a carteira:

— Mas... er... *entrada livre* significa "gratuita", não?

— A entrada sim, mas as atrações são pagas.

— Hum, é que eu... não tenho dinheiro!

— Você é minha CONVIDADA, cara Angelina. A minha conta bancária está bem recheada. Os meus pais me pagam em dinheiro o valor das notas que tiro nas provas...

— Hein? Você quer dizer que... se tira 7,0 ganha 7 pratas?

— Isso mesmo! Se tiro 7,0 eu ganho 7 pratas; se tiro 8,0, ganho 8; se tiro 9,5 ganho 9,50; tudo isso multiplicado por...

— Dez ingressos, vinte ingressos ou ingresso ilimitado? — cortou a senhora do guichê.

— Dez, por gentileza.

Eu teria preferido que ele pedisse *ilimitado*, mas shiu, não se pode abusar.

O Pedro guardou os ingressos no bolso e sugeriu que a gente caminhasse pela festa pra escolher a nossa primeira atração. Falei que a roda-gigante era a mais genial, e por isso a gente podia começar por ela.

O Pedro fez uma cara esquisita.

— Hummmm, eu tenho tendência a sofrer de vertigens...

Tá, a gente continuou o passeio. Tudo me agradava. O rio encantado, o trem fantasma, a montanha-russa...

O Pedro preferiu começar por uma barraca de lançamento de argolas.

— Pfff... disso eu posso brincar na garagem lá de casa... — Suspirei.

Ele me disse que adorava essas barracas de argola e por isso queria que eu brincasse com ele no parque e não na garagem de casa.

— Certo, mas depois a gente pode escolher uma atração cada um, por favor?

Ele respondeu que sim, mas quando passamos na frente da barraca da pescaria o Pedro disse que adorava isso e patati e tralalá e daí essa foi a nossa segunda atração. Ganhei um apito amarelo (que não funciona), e o Pedro, um vermelho (que também não funciona).

A terceira: estande de tiro, porque o Pedro pratica tiro ao alvo com o pai dele e sempre ganha. Na minha opinião, o pai dele não deve ser muito bom nisso, porque consegui acertar duas vezes no alvo, e o Pedro, nenhuma... Mas enfim, todo o mundo tem o direito de não ter sorte ou ter uma queda de rendimento. De todo modo, ganhei um algodão-doce. Miaaaam, adoro! Quando o senhor da barraca me deu o algodão-doce, o Pedro falou no meu ouvido que nunca come isso porque faz mal. Sugeri que ele provasse mesmo assim, porque a vovó diz que só os bobos não mudam de opinião. Ele pegou um pedação.

— Gostou? — perguntei.

Ele retorceu a boca cheia pra responder:

— Hummmm, maixoumenox...

Só que, um pouco mais longe, eu o flagrei pegando uns pedaços por baixo. E ri muito.

— É pra não me fazer mal que você tá pegando uns pedacinhos do meu algodão-doce?

Ele ficou com as bochechas vermelhas e tossiu como se estivesse engolindo vinagre. Dei um tapa nas costas dele.

— Você tá bem?

— Você é... é... forte, Angelina! — Pedro cuspiu.

— Claro que sou forte! Você não sabia? Vem, vamos pra roda-gigante agora! Seja corajoso, Pedro Quindim, comigo você não corre nenhum risco!

De repente, ele me olhou com olhos de... de menininho assutado, e perguntou:

— Jura?

Colados

ESSA VOLTA NA RODA-GIGANTE COM O MENINO MAIS legal da minha escola foi o momento mais bonito da minha vida, na minha opinião.

No começo, quando nós dois nos sentamos na concha com formato de metade de um ovo, o Pedro estava mais tenso que uma corda de violino.

Ele se agarrava na borda como um afogado num bote salva-vidas.

Mas aos poucos foi relaxando.

Ele até deu um sorrisinho e… não sei se deveria dizer, mas já que é verdade, por que ficar envergonhada? O Pedro segurou a minha mão (a dele tava congelando, aliás). Eu queria que isso tivesse durado pra sempre. O céu nos acompanhava com seu azul incrível. E como uma dose de felicidade extra, os alto-falantes da roda-gigante tocaram a minha música preferida do mês de maio:

Linda-Bonita
Meu nome é Lolita
Bonita-Linda
Que nosso amo-or
Nosso amor du-re
Dure pra sempre-e-e-e

A volta na roda-gigante terminou. A minha cabeça continuava girando.

Quanto ao meu coração: prefiro nem falar!

— Vamos de novo! — sugeri.

O Pedro já abria a grade de segurança pra sair. Bati os pés e cantei como os torcedores dos jogos de futebol dos meus pavorosos irmãos:

— Va-mos, va-mos! Pe-drooo, Pe-drooo! De no-vo, de no-vo!

As pessoas nos olhavam. O Pedro se sentou outra vez, rapidamente, e fez shiu pra mim.

— Tá bom, Angelina! Mas para de cantar, por favor!

Eu não tava nem aí pra cantar ou não.

O que eu queria era rodar, rodar, rodar de felicidade.

A segunda volta foi um pouco menos maravilhosa que a primeira. O Pedro não segurou a minha mão. Pior: ele olhou pro relógio.

Isso também não me agradou. Eu só olho pro meu relógio quando tô entediada, o que não é muito comum, visto que acontecem muitas coisas na minha vida...

— Você tá entediado, Pedro?

— Não, Angelina. Mas quero estudar pra prova de matemática do dia 14.

Na hora pensei que ele estivesse brincando.

— Dia 14? Mas você tem muito tempo ainda!

O Pedro ficou sério.

— Os resultados escolares de primeira qualidade não caem do CÉU, Angelina!

E ele começou um sermão sobre a assimilação dos conteúdos, que acontece com o tempo, e que é preciso revisar e re-re-re-re-revisar e fazer exercícios e re-re-re-re...

— Não precisa se preocupar desse jeito, você sempre vai ser o melhor! — eu o interrompi. — Agora nós estamos no CÉU, eu sou a Angelina, sou SEU anjo, te dou asas, a-pro-vei-ta!

Ele concordou com a cabeça.

— Talvez você esteja certa, mas... enquanto isso, o tempo está passando!

Saímos da festa sem conversar. Por um lado, eu tinha vontade de perguntar pra ele no que estava pensando, mas, por outro, tinha medo de que o Pedro começasse de novo a falar das notas da escola e patati e tralalá...

Quando chegamos perto da grade onde tinha prendido o patinete, o Pedro de repente ficou branco feito papel.

— Me... meu... meu pati... iii...

O patinete amado dele parecia uma múmia marrom! Inteiramente embalado com fita adesiva larga! Dava pra reconhecer a forma, mas não dava pra ver nem um micropedacinho do verde fluorescente por baixo. O Pedro se atirou em cima do patinete pra tentar arrancar as faixas de fita.

Mas tinha muita-muita-muita e era supercolante, como fita adesiva mesmo. Me aproximei:

— Espera, vou te ajudar…

Ele fez sinal pra eu recuar.

— Não, você corre o risco de se machucar…

Logo depois ele deu um pulo, sacudindo o braço como se fosse um rabo de peixe.

— Ai! Ui! Que dor! Eu me feri! — O Pedro dava voltas em torno de si mesmo, chorando. — O meu braço! A minha mão! Eu estou, ah… feeeee-rido-arruinado!

Ele olhava pra mão como se ela fosse um rato morto.

— Estou sangrando! Ai ai ai vou ficar sem sangue!

Segurei o braço dele e arregalei os olhos o máximo que pude.

— PEDRO QUINDIM, ACALME-SE!

Ele se acalmou rapidinho. Examinei os estragos. Só a ponta de uma unha tava um pouco machucada. O Pedro aceitou se sentar. Improvisei um minicurativo com o meu lenço e um elástico de cabelo.

— VOU BUSCAR ÁGUA, NÃO SE MEXE! — ordenei (como se eu falasse com um doguinho, tenho que admitir).

A senhora da barraca me deu de presente uma barra de chocolate. Depois de ter tomado um pouco de água e comido (todo) o chocolate, o Pedro declarou:

— Angelina, você é o meu anjo, estou me sentindo melhor!

Sorri pra ele como se fosse uma enfermeira maravilhosa.

Ele fez um olhar desconfiado.

— Pensei numa coisa: será que toda essa fita adesiva abominável não foi coisa dos seus irmãos?

O meu cérebro levou um tempo pra entender.

— Os meus... errr... irmãos? Ah, nãããoo, impossível! Desde o caso do peixe podre (que eu tinha contado pra ele), os meus pais fecharam o cerco!

— Nada é impossível para os Purpurina! Sei bem disso, porque tenho que aguentar o José-Máximo na minha classe. Você sempre fala que os seus irmãos são pavorosos... menos quando a vítima sou EU?

Música!

"Nada é impossível para os Purpurina!", o Pe-dro falou... Um minuto depois, me perguntei se ele não era meio adivinho. Por quê? Porque duas bicicletas apareceram. E QUEM estava em cima delas? O Vi e o JM, cheios de risinhos. O Pedro se levantou como se estivesse em cima de uma mola.

— Os irmãos Purpurina! Como vocês ousam aparecer na minha frente com essas caras lavadas depois do que fizeram?

— O quê? — O Vitor fez uma careta, como se o Pedro estivesse falando outra língua.

— Hein? Do que ele tá falando? — o JM zombou em eco.

— Vocês não têm vergonha de sabotar o meu patinete?

— O que deu em você, Quindim? A gente não dá a mínima pra esse seu patinete de bebê!

— É, a gente liga tanto pra isso quanto pra nossa primeira fralda!

O Pedro agitou os punhos.

— Vocês não passam de um... de dois... de uma associação de malfeitores!

Os meus irmãos avançaram. O Pedro recuou. Re-arregalei os olhos o máximo que consegui.

— VITOR PURPURINA E JOSÉ-MÁXIMO PUR-PURINA, ACALMEM-SE!

— Cala a boca, Pirralhenta! — o Vi falou.

— É, fecha essa matraca, Pirralhosa! — re-ecoou o papagaio JM.

O Pedro saltitava de um pé pro outro.

— Vocês querem... er... sentir o meu soco nas suas caras?

Que heroísmo desse Pedro! Ele tava defendendo a gente, eu e o patinete, nem mais, nem menos. Arriscando a própria vida, em certo sentido. Os meus olhos se encheram de lágrimas.

O Vitor começou a debochar bem alto:

— Ha ha ha, sabe o que eu faço com esses punhos, Quindinzinho?

O JM agarrou o Pedro pela gola da camisa.

— Yes, esses punhos fracotes de frangote!

Tentei interferir:

— Parem com isso, vocês não vão brigar!

— É lógico que vamos! — o Vi esbravejou.

— A gente vai deixar o seu Quindinzinho achatado feito uma panqueca!

— Parem, deixem o Pedro em paz, ele tá machucado! — gritei.

— Ownnn… onde o seu chuchuzinho fez dodói?

De repente, um homem de jaqueta de couro apareceu.

— Ei, garotos, esse patinete miserável é de vocês?

O homem tinha na mão um alicate enorme. As botas dele eram pontudas, tipo as de um xerife. Os lutadores pararam a briga.

— Errr... nós só temos bicicletas! — o Vi falou baixinho.

O Pedro ajustou a gola da camisa.

— De fato, o patinete pertence a mim! A quem devo a honra?

— Ah, é? Você tem que prestar atenção antes de prendê-lo, garotinho! Por sua causa tô perdendo o meu tempo procurando um alicate pra estourar o seu cadeado e...

— Ora, isso me deixa surpreso, pois...

— Não banque o engraçadinho! — o sujeito falou. — Te aconselho a abrir de uma vez esse cadeado. Você prendeu o patinete na grande do MEU realejo, e o MEU realejo é meu GANHA-PÃO. Os jovens e os velhos dançam ao som dele, sacou?

Em menos de dois segundos o Pedro desacorrentou o nete. Depois o sujeito começou a tocar, e foi tão bonito que ficamos todos de ouvidos atentos e com vontade de dançar. Principalmente eu.

E QUEM chegou à festa exatamente nesse momento? A Catarina, minha melhor amiga, com os pais dela e com a sua prima, a Valentina. O pai da Catarina convidou a esposa dele pra dançar de verdade. Daí o Vitor convidou a Catarina (os meus irmãos dizem o tempo todo que a minha melhor amiga é linda demais, e o pior é que é verdade, só que eu acho que ninguém é linda DEMAIS na vida). Quando viu isso, o Pedro também me convidou pra dançar. Daí, o que vocês acham que o Max fez? Convidou a Valentina? Acertaram! Se não acreditam em mim, posso mostrar o vídeo: a senhora da barraca filmou.

3. A última palavra

Palavras dolorosas

Às vezes, no mês de setembro, tem manhãs em que o sol está tão brilhante no céu que eu coloco o meu vestido amarelo de bolinhas rosa com as lindas alças cruzadas nas costas + minhas botas rosa combinando e, no caminho pra escola, tenho a impressão de estar indo à praia.

Isso também acontece com vocês?

Ops, talvez eu não devesse fazer essa pergunta. Vai ver que não existe praia na cidade onde vocês moram, coitadinhos! Enquanto eu, em Rigoleta, tenho uma praia incrível, linda e comprida e larga… Mas não vamos mais falar nisso, não quero parecer exibida. Ainda mais porque, se pensarmos bem, não fui eu que inventei nem fabriquei a minha praia.

Então, na manhã em que esta história começa, um sol maravilhoso brilhava com todos os seus raios, e eu tava mais feliz do que uma abelha num jardim cheio de flores. Pra vocês entenderem: eu cantava na calçada, ainda que o meu pavoroso irmão José-Máximo, que sempre anda na minha frente como se eu fosse da polícia e ele fosse um perigoso malfeitor — que ele é, aliás —, o JM (escrevi o nome dele de novo pro caso de alguém ter esquecido o começo da minha frase, já que ela é comprida), virasse pra trás a cada cinco passos pra me mandar calar a boca.

Na esquina da rua Vento-Forte, fiquei uma pilha de nervos (como diz a vovó quando a gente a deixa nervosa):

— Ei, Max Purpurina — gritei pra ele —, fica quieto você!

Alguns pedestres olharam pra ele (e olharam pra mim também, mas menos). Ele baixou os olhos e fixou nos tênis, todo sem graça. Ficou até com as boche-chas vermelhas. Pelo menos não deu mais um pio até a escola. Mas eu continuei cantando, até mais alto, e de propósito, pra mostrar que posso até ser um ano mais nova que o JM, mas isso não é motivo pra obe-decê-lo como um bichinho de estimação.

Era sexta-feira, 13 de setembro, e a programação não era:

- ✤ praia;
- ✤ banho de mar;
- ✤ castelinhos de areia;
- ✤ nem cantar a plenos pulmões;
- ✤ mas sim:
- ✤ aula;
- ✤ aula;
- ✤ e mais aula com a professora Paola.

Tem gente que diz que a sexta-feira 13 dá sorte. Outros dizem que dá azar. Será que depende do ano? De qualquer forma, assim que a professora mandou a gente se sentar, percebi que ela tava com a cara fechada. Ela falou com a voz séria:

— Bem bem bem. Não, NADA BEM, muito pelo contrário! Corrigi o ditado surpresa de vocabulário que fizemos na terça. Não dei notas pra evitar de desencorajar os mais fracos de vocês (como se ela estivesse nos encorajando desse jeito). Vamos refazer esse ditado DEPOIS, e é importante vocês saberem que...

— DEPOIS do quê? — O Yuri faz perguntas com a mesma rapidez com que faz embaixadinhas...

— Posso terminar a minha frase, senhor Maremoto? (Esse é o sobrenome do Yuri.) — A professora fez uma careta.

Na verdade, ela não terminou a frase. Ela foi até a lousa e escreveu com letras grandes, bem no centro:

AIACLATA

— O que icho chignichica? — a Rosita Pilão quis saber (chupando o dedo, como sempre).

— O que vocês acham? — A professora Paola ficou olhando pras nossas caras.

Vários alunos começaram a falar:

— Uma injeção?

— É inglês?

— Vão dar tablets pra gente?

— De graça?

— Chocolate com avelã?

Com a resposta da professora, ninguém deu mais um piu:

— Parem de falar BOBAGENS!

A Ximena ergueu o dedo.

— Eu sei! Li no jornal regional do meu pai: são as iniciais de... *Avaliação Interdepartamental de Aquisição dos Campos Lexicais pelos Alunos do Terceiro Ano.*

Às vezes... essa Ximena... me nocauteia. Não basta ela ser a melhor da classe + megaqueridinha da professora, ela ainda tem que ler o jornal *re-gi-o-nal* do pai dela!

— Escreva isso na lousa pra nós, por favor, Ximenaaaaaa — a professora Paola falou com a voz toda melosa, como se estivesse com vontade de cobrir a queridinha dela de beijos.

A Ximena obedeceu. No dia em que a Ximena não obedecer a professora, as galinhas vão aparecer de tranças.

— Agora vocês entenderam? — a professora Paola perguntou, como se isso ajudasse a gente a entender toda aquela baboseira escrita na lousa.

— NÃÃÃÃÃO! — todo o mundo gritou (menos a Ximena).

A professora começou a dar uma explicação... como dizer? O tipo de explicação em que, quanto mais ela fala, menos a gente compreende. Como alguns continuaram fazendo perguntas, ela bateu palma.

— Parem de tergiversar! Vou distribuir pra todos uma folha com uma lista de quinze palavras. Vocês terão quarenta e cinco minutos pra escrever a definição

dessas pala-
vras e encaixar
cada uma delas
numa frase.

— Hein?
Muito difícil! E
se a gente não con-
seguir? Socorro! —
algumas vozes
protestaram.

— Shiiiiiu, fiquem calmos! Vou dar um exemplo pra ajudar... er... digamos... vamos pegar a palavra...

— "Tergiversar"? — propus, já que nunca tinha ouvido falar disso (e acho que os outros também não).

— QUEM conhece esse verbo? — a professora Paola questionou olhando pra Ximena.

— *Tergiversar* significa "hesitar e ter discussões inúteis, às vezes para ganhar tempo, no sentido de perder tempo, a fim de adiar uma provação dolorosa" — a queridinha desenvolveu.

— O que chignifica *uma provachão dolorocha*? — a Rosita recomeçou.

A professora bateu palma de novo.

— Tira o dedo da boca, Rosita! E comecem a trabalhar, todos! Senão o sinal do recreio vai tocar no meio dessa AICA... AICIA... AIAIAIACLITA! Vamos vamos vamos, e tratem de honrar a escola Joel Jocoso!

Palavras contra palavras

A PROVAÇÃO FOI MESMO *DOLOROSA*. QUANDO O SINAL do recreio tocou, alguns pularam da cadeira, muito felizes-orgulhosos de si. Outros tentaram raspar a parede (mais uma expressão da vovó: atenção, isso não significa que pelos de barba crescem nas paredes, significa "andar colado na parede, esperando ficar invisível, ou por estar com vergonha, ou por ser tímido, ou os dois").

— O que você colocou como definição de *borrasca*?

— a Catarina me perguntou bem no meio do pátio.

Encolhi os ombros.

— Ora, que é um objeto que usamos pra apagar o que escrevemos errado!

A minha melhor amiga colocou as mãos no rosto.

— Mas, Angelinaaaaaa, o nome disso é borra-CHa! — antes de gritar pra todo o mundo na roda: — Ei, pessoal, o que vocês colocaram como definição de *borrasca*?

O Yuri chegou correndo.

— Eu coloquei: um burro pequeno, um asno, animal usado pra transportar carroça pequena, dã!

A Eloá Filigrana (que eu chamo de Eloanta) falou depois dele:

— Asno é você, Yuri, o que você escreveu é a definição de bUrrICO, igual você, e paf!

O Ugo Mineli se juntou a nós:

— Uma *borrasca*? É um velho barril podre!

— Errado e duplamente errado, Ugo! — o Bernardo declarou (o queridinho nº 2). Acho que você tá confundindo *borrasca* com *barrica*. A barrica NÃO é um VELHO barril PODRE, mas um barril pequeno, de madeira, que serve pra armazenar líquidos, fique você sabendo!

A Rosita arregalou os olhos.

— Mas entchão o que chignifica uma borraschca?

— Uma *borrasca*? É um tremendo temporal com chuva e vento — falou a Ximena, que passava por ali.

Fiz um glup. Mas é claroooo, uma *borrasca*, eu bem que sabia mais ou menos!

— Viiixe!

— Caramba!

— Já começou mal! —o Yuri, a Eloá e a Rosita emendaram, quase ao mesmo tempo.

Porque, é claro, no nosso terceiro ano, todo o mundo sabe que as respostas da Ximena estão SEM-PRE certas.

— E pra *antônimo*, o que vocês colocaram? — a Catarina continuou.

Eu a puxei pelo braço.

— Deixa pra lá, Catarina, a gente não vai ficar investigando palavra por palavra, vem brincar!

Ela se soltou, gritando:

— Vou siiiim, isso me interessa!

— Eu acho que antônimo é um menino que se chama Antônio e o sobrenome dele começa com M. Por exemplo, eu sou o yurima... — falou o Yuri.

— É uma piada, né? Você não escreveu isso! — a Ximena se desesperou.

— Primeiro: por que eu estaria brincando? — o Yuri protestou, irritado.

Conheço o meu amigo: ele detesta ser criticado.

— *Antônimo* — esclareceu a Eloá — é uma PALAVRA que significa "parecido com outra palavra", e o meu irmão me disse…

— ERRADO! Isso é um *sinônimo*! — eu a cortei, já que consegui, pela primeira vez, baixar a bola da Eloanta, que sempre amola a gente com essa coisa de *o meu irmão me disse…*

— Ah, é? — O Jonatan riu. — Se é assim, um *homônimo* seria... digamos... um menino chamado HOMO e que tem o sobrenome NIMO?

— Eu coloquei pra *antchonimo*: antchigo castchelo que ficha no tchopo da montchanha... — a Rosita falou cuspindo.

Ninguém fez nenhum comentário porque a gente gosta muito da Rosita, mas se a gente discute ou ri das coisas estranhas que ela conta, ela começa a chorar superalto e a história sempre acaba mal.

Vários de nós mostraram os rascunhos pra Ximena no recreio. Preciso dizer que os comentários dela foram bem pouco gentis.

Exemplos de deslizes que ela encontrou (na lista tem uns meus, mas prefiro não dizer quais, tenho meu orgulho he he):

🌱 Berlinda = *uma bermuda linda.*
Frase: *Na vitrine da loja Quilinda tinha uma berlinda do meu tamanho, mas era um pouco cara e não dava pra comprar com o dinheiro da mesada.*

- Mixuruca = *uma mistura de cheiros ruins.*
  Frase: *O Pedro Gomes está mixuruca, normal, ele comeu dois sanduíches com aquele queijo esquisito no recreio.*

- Homeopata = *homem que tem patas no lugar dos pés.*
  Frase: *A única espécie homeopata encontrada na natureza é o lobisomem.*

- Embalsamar = *fazer uma declaração de amor navegando dentro de uma balsa em alto-mar.*
  Frase: *O menino mais legal da escola me convidou pra ir à praia e disse que ia me embalsamar pra sempre, só que a maré estava baixa, ficamos pulando ondinhas e ele não me embalsamou.*

- Alopatia = *Tem um erro na pergunta, o certo é "alô pra tia".*

- Arruaça = *é uma rua bem grande.*

Frase: *A mulher desceu com o carrinho do bebê pela arruaça, não conseguiu segurar e ele parou apenas quando se chocou com o boneco do posto.*

❧ Paternalista = *lembrete pra não esquecer de anotar nada na lista.*
Frase: *Era paternalista, mas ninguém anotou e acabamos esquecendo de comprar os ovos pra fazer o bolo de cenoura.*

Palavras miseráveis

À TARDE, SEMPRE QUE A PROFESSORA MEXIA NA PASTA
em cima da mesa dela, os meus joelhos começavam
a tremer. Por quê? Eu tava com um supermedo de
que ela tivesse corrigido nossa AIACLATA durante o
intervalo e começasse a distribuir as correções. Isso
me dava uns refluxos, como se eu fosse vomitar. Principalmente porque teve bolovo no cardápio. É a coisa
que mais detesto comer no mundo, então, vomitar
isso, não, obrigada!

Às duas e treze, pedi pra ir à enfermaria. A professora Paola quis saber o motivo. Usei a minha voz mais chorosa e falei que ia vomitar. A professora ficou desesperada e rapidinho pediu pro Yuri me acompanhar. As minhas táticas nem sempre funcionam, mas desta vez deu certo à beça.

— Você vai vomitar mesmo? — o meu amigo me perguntou no corredor.

Confessei pra ele que tava me sentindo mal porque tinha errado um monte de coisas na AIACLATA e porque já tinha tirado três notas baixas desde o dia 3 de setembro e porque tinha prometido-jurado pros meus pais que ia melhorar as minhas médias e porque... Ele deu um tapinha no meu ombro.

— Você se preocupa demais, Angelina. Você vai tirar alguma nota, certeza, mas NÃO HOJE...

Isso me reanimou um pouco.

— Como você sabe?

— Não é a Pontuda que vai corrigir, são professores especiais regionais, de todas as escolas junto. Ela explicou...

— É sério?

— Por que você acha que ela quer que a gente honre a JOEL JOCOSO? O medo te deixa surda, por acaso?

— Ei, calminha aí, estou um pouco doente mesmo! E o pior é que não gosto de ser ruim em vocabulário, eu queria saber um monte de palavras...

— É o Quindim que tá fazendo você esquentar a cabeça com isso, por acaso? Esse aí me irrita, tá sempre grudado em você e se acha o grande chefão da escola!

— O Pedro conhece uma tonelada de palavras, e as palavras são...

— Ah, é? E eu não conheço NENHUM garoto mais inútil do que esse teu Quindim! — E o Yuri deu meia-volta (acho que ele tá com ciúme).

A senhora Amarelinda (a inspetora que também é enfermeira e também é bibliotecária) falou pra eu me deitar na maca. Dormi como se estivesse na mais confortável das camas. Foi o sinal da saída que me acordou, pra vocês terem uma ideia.

Assim que passei pelo portão da escola, uma voz gritou:

— Iuhuuu! Surpresaaaa! Angelininhaaaaa!

A vovó! Quem mais me chama de Angelininha enquanto chacoalha um negócio redondo embrulhado num pano de prato? Ninguém! Eu adoro a vovó, só não gosto quando ela vem berrar na frente da escola... Já falei pra ela parar de fazer isso, mas ela não obedece muito, principalmente quando sou eu.

Bom, não fiquei brava com ela, ainda mais porque o negócio redondo era uma torta de limão, o meu preferido de todos os doces incríveis que ela faz. Além disso, a vovó também tinha trazido limonada e copos descartáveis pra gente fazer um pique-lanche-da-tarde (termo que inventei pra falar do piquenique no café da tarde) a três. Ainda que o terceiro fosse o JM (vocês já devem ter imaginado), dei pulos de alegria... até a hora que ele apareceu.

Vocês precisavam ver a cara dele de quem comeu e não gostou!

Nem ao menos um sorriso. Nem pra vovó.

Ela se inclinou pra dar-lhe um abraço.

— Tudo bem, Zezinho?

Ele deu um passo pra trás gemendo um:

— Hã!

— *Hã?* Quer dizer sim ou não? — a vovó insistiu.

Como resposta, o meu irmão pavoroso se limitou a chutar um pedregulho. A nossa avó levantou um lado do pano de prato que tava cobrindo o prato de tortinhas:

— Olha o que eu fiz!

Ele fez uma cara de nojo.

— Não quero, me deixa em paz.

A nossa avó é muito legal, mas... é melhor não abusar. Percebi que ela começou a ficar uma pilha de nervos (já expliquei):

— Pode parar com esse circo, José-Máximo Purpurina! Ou você fala AGORA o que tá acontecendo, ou... a coisa vai ficar feia pra você!

O Max foi obrigado a se explicar. Na sala dele do quarto ano, à tarde, eles fizeram a AIACLATA. A mesma coisa que a gente, só que pro quarto ano, e foi HORRÍÍÍÍVEL. E não só pra ele. Até o queridinho e primeiro da sala errou cinco das vinte palavras.

— Como é o nome desse famoso queridinho? — a vovó quis saber.

— Quindim! — o JM esbravejou, me olhando com raiva.

Não falei nada. A vovó quis saber quais eram as palavras.

O JM pegou um rascunho cheio de rasuras, manchas e rabiscos em todos os sentidos.

Consegui ler:

* ✯ Borborigmo.
* ✯ Cizânia.
* ✯ Injuriar.
* ✯ Cornucópia.
* ✯ Alvíssaras.

Palavra com doze letras

DURANTE TODO O SÁBADO, ESPEREI UM MOMENTO tranquilo pra falar cara a cara com o JM. Queria propor um pacto entre ele e mim, sem o Vitor. O que não é fácil, já que os meus irmãos vivem grudados.

Antes do jantar, FINALMENTE, o Vi se trancou no banheiro com uma pilha de gibis. Corri até o quarto dos meninos, fechei a porta e fiquei segurando a maçaneta, pra ter mais segurança.

O JM socava o saco de boxe.

— STOP! Emergência! Comunicação ultrasse-creta! — anunciei.

Os olhos em brasa dele cruzaram os meus, congelantes.

— O que... que... que você tem?

— Você não fala nada pros nossos pais da AIA-CLATA e eu também não falo. Fechado?

Não precisei dizer mais nada. A gente se acertou.

No dia seguinte, domingo, a vovó nos convidou pra almoçar na casa dela. Perto das onze horas, perguntei pro papai se podia ir antes pra ajudar a minha avó querida a preparar o de-licioso almoço que ela com certeza estava fazendo pra gente. Ele me pegou no colo.

— Adooooro quando a minha filhinha amada quer ajudar a vovó querida (vovó = mãe do meu pai)!

Saí depressa, antes que a minha mãe tivesse a ideia de falar pros meus irmãos irem comigo (é uma das manias dela).

Quando cheguei, a vovó tava colocando na grama do jardim a nova escultura-fonte em forma de bola de lã, feita de latas de conserva recortadas.

Enquanto a gente arrumava a mesa debaixo do carvalho, propus pra vovó o mesmo pacto de silêncio que fiz com o JM. Ela deu uma gargalhada.

— Mas é claro, Angeliniiiiinha! Acha que vou estragar o nosso almoço por causa de uma nota-talvez-ruim-que-ainda-nem-chegou?

Quando distribuímos os talheres, ela trouxe um quadro de metal engraçado, que tinha um furo na parte de cima. Perguntei pra que ele servia. Ela colocou o dedo indicador sobre os lábios.

— Boca de siri!

A vovó me pediu pra ajudar a pendurar o quadro nos galhos da árvore, de frente pra mesa. Foi cansativo, mas conseguimos.

Tivemos um menu cinco estrelas: cenoura ralada, frango, batata frita, torta-de-morango-com-chantili--e-baunilha-e-avelã, tudo feito pela vovó.

Enquanto o papai servia o café, a vovó falou no meu ouvido:

— Vai buscar a sacola laranja que tá em cima da minha cama.

Era uma sacola de tricô (a vovó é louca por tricô). Eu levava a sacola até a mesa quando olhei o que tinha dentro. Ela estava cheia de letras de plástico, e a vovó virou tudo em cima da mesa, dizendo:

— Aqui está o FORMA-PALAVRAS-PURPURINA-MADE-IN-VOVÓ! Cento e vinte letras com ímã. Vamos todos jogar, calculando o tempo. Começamos com sete letras. O primeiro que achar uma palavra deverá montá-la no quadro. A cada rodada aumentamos uma letra. Combinado?

Ninguém disse *não*. O papai sorriu pra mim.

— A mais nova pega primeiro. Faça as honras, Angelina!

Peguei as letras: O-T-I-E-R-C-N.

O JM se levantou rápido e formou a palavra CRE-TINO no quadro.

Me contive pra não dizer que combinava com ele.

Depois ele sorteou: O-L-M-A-A-I-G-N.

Magia? Não. Gnoma? Não.

O papai encontrou: MAGNÓLIA.

O Vitor sorteou: D-A-R-O-Q-E-U-I-S.

Dosar? Não. Uísque? Menos ainda.

A mamãe formou: ORQUÍDEAS.

— Não é à toa que somos floristas, hein, querida? — o papai falou pra mamãe enquanto ela sorteava: C-S-E-O-T-A-R-L-U-S.

Soletrar? Não. Estralo? Também não.

A mamãe ganhou: ESCULTORAS.

Desta vez não me contive e disse que ela também parecia uma. O papai sorteou: C-P-O-H-E-I-L-O-T-R-E.

O Vitor, apaixonado por aeronaves, foi mais rápido do que todo o mundo: HELICÓPTERO.

Eu não tinha encontrado nenhuma palavra. Estava me sentindo a pior das piores.

A vovó sorteou a última. Tínhamos chegado à palavra com doze letras: V-A-I-V-P-S-O-I-A-E-S-A.

—Está ficando complicado... — mamãe murmurou.

Eu girava as letras em todos os sentidos dentro da minha cabeça quando, de repente, eureca!

Juntei as letras e formei: VIVAASPOESIA.

— Muito bem, Angelina! — a vovó aplaudiu.

— Não vale, tem três palavras em vez de uma! — o JM protestou.

— Além disso, o S tá sobrando! — o Vi completou.

O papai disse que mesmo assim tinha sido uma excelente descoberta.

— E uma verdade! — a mamãe observou (ela vê poesia em quase tudo).

A vovó retirou o S excedente, separou VIVA A POESIA e concluiu que de todo modo a gente não estava jogando pra ganhar, mas por amor às palavras... E então ela foi buscar a caixa com estampa de flores cheia de chocolates, porque na casa da vovó, com café, sempre tem chocolates.

Sobre a autora e o ilustrador

FANNY JOLY MORA EM PARIS, PERTO DA TORRE EIFFEL, com seu marido arquiteto e três filhos. Ela publicou mais de 200 livros juvenis pelas editoras Bayard, Casterman, Hachette, Gallimard Jeunesse, Lito, Mango, Nathan, Flammarion, Pocket, Retz, Sarbacane, Thierry Magnier… Seus livros são frequentemente traduzidos e já ganharam muitos prêmios. Duas séries juvenis (*Hôtel Bordemer* e *Bravo, Gudule!*) foram adaptadas para desenho animado. Ela também é romancista, novelista, escritora de peças de teatro, roteirista de cinema e de televisão. Sob tortura, ela um dia confessou que *Angelina Purpurina*, o livro que você tem nas mãos, é, sem dúvida, o mais autobiográfico de seus textos…Você pode consultar o site dela em: www.fannyjoly.com

RONAN BADEL NASCEU NO DIA **17** DE JANEIRO DE **1972** em Auray, na Bretanha. Formado em artes visuais em Estrasburgo, ele trabalha como autor e ilustrador de livros infantojuvenis. Seu primeiro livro foi publicado pelas edições Seuil Jeunesse, em 1998. Depois de muitos anos em Paris, onde dá aulas de ilustração em uma escola de artes, Badel voltou a morar na Bretanha para se dedicar à criação de livros infantis. Em 2006, publicou *Petit Sapiens*, seu primeiro livro de histórias em quadrinhos, com texto e ilustrações próprios.

ESTA OBRA FOI IMPRESSA
EM MAIO DE 2024